Gitta Edelmann

Wenn sich das Herz zum Herzen findet …

»Au!« Jemand stieß Lea unsanft in die Rippen. Doch der Schuldige war in der Masse der Menschen auf dem Weihnachtsmarkt nicht festzustellen. Lea schüttelte den Kopf und setzte sich nach rechts ab. Irgendwo hier musste der Stand sein. Ja, da vorne: Vanessa Eifler – Schmuck. Vanessa trug eine rot-weiße Weihnachtsmannmütze und überreichte gerade einem jungen Pärchen ein buntes Papiertütchen. Dann wandte sie sich lächelnd Lea zu.

»Gutes Geschäft?«, fragte diese.

»Bestens! So gut, dass es schwierig ist, hier wegzukommen.«

»Hast du heute niemanden, der dir hilft?«

»Doch, doch«, sagte Vanessa und reckte den Hals. »Ich hab David nur losgeschickt, uns einen Glühwein zu holen. Da ist er.«

Tatsächlich steuerte ein Mann mit Weihnachtsmannmütze und zwei Glühweinbechern in der Hand auf sie zu.

»Hi, Lea, willst du auch? Ich kann noch mal losgehen.«

»Quatsch!« Lea schüttelte den Kopf. »Hilf lieber Vanessa, die drei Mädels da drüben scheinen einen Großeinkauf machen zu wollen. Ich hol mir selbst was.«

Sie drehte sich um und ließ sich von der Masse zum nächsten Glühweinstand treiben. Und da sah sie ihn!

7

»Lukas?«

»Ja.«

»Kann ich hochkommen? Ich hätte gerne meinen Ohrring wieder.«

Die Sprechanlage schwieg, dann ertönte ein Summen. Lea drückte die Tür auf und stieg die Treppen hinauf. Im dritten Stock lehnte ein gut aussehender Mann mit dunklen Locken im Rahmen der Wohnungstür. Vom Typ her Lukas – aber ein Fremder.

»Ist Lukas nicht da?«, fragte Lea.

»Doch. Ich bin Lukas«, erklärte der Mann und lächelte.

Lea blieb stehen. »Ich suche einen anderen Lukas.«

»Sorry, ich bin der einzige Lukas weit und breit!«

Hatte sie das falsche Haus erwischt? Nein, sie war sicher, dass er hier herauf gezeigt hatte.

»Der Lukas gestern hat aber gesagt, er wohnt hier«, erklärte Lea. »Und er hat noch meinen Ohrring.«

»Hm«, machte Lukas und trat zur Seite. »Du kannst gerne reinkommen und nachschauen, ob du einen anderen Lukas oder deinen Ohrring findest. Ich kann dir sogar ein Glas Wein anbieten, wenn du mir deinen Namen verrätst.«

»Lea«, antwortete Lea automatisch.

»Gut, dann komm rein, Lea-ohne-Ohrring. Wir können ja mal in Ruhe zusammen nachdenken, wer sich da mit uns beiden einen Scherz erlaubt hat.«

14

»Er steckte im Stau und hatte ja meine Nummer nicht.«

Lukas verzog den Mund, er schien Jans Erklärung nicht ernst zu nehmen. »Will er dich treffen?«

»Muss er wohl, wenn er mir den Ohrring zurückgeben will.«

»Und wann soll das Treffen stattfinden?«

»Übermorgen«, log Lea spontan. Schließlich konnte es Lukas egal sein, wann sie mit Jan verabredet war. Sie war ihm keine Rechenschaft schuldig.

»Und wo?«

Lea runzelte die Stirn.

»Entschuldige, geht mich nichts an.« Lukas wirkte zerknirscht. »Es ist nur so, dass Jan der unzuverlässigste Mensch ist, den ich kenne.«

Einen Moment lang schwieg Lea, dann lächelte sie und sagte: »Lass uns von was anderem reden!«

Doch irgendwie wurde die Stimmung nicht mehr so wie vor Jans Anruf, obwohl Lukas ihr ein Lebkuchenherz mit der Aufschrift »Mein Schatz« kaufte und sie Hand in Hand über den Weihnachtsmarkt schlenderten. Als sie an Vanessas Schmuckstand vorbeikamen, hoben sowohl ihre Freundin als auch David kritisch die Augenbrauen. Lea lächelte zu ihnen hinüber, blieb aber nicht stehen. Lukas vorzustellen, war noch ein wenig zu früh. Und morgen würde sie Jan sehen.

Lea drehte sich abrupt um. »Oh, hallo Lukas!«

Verflixt, das war jetzt irgendwie peinlich.

»Hi.« Jan nickte seinem Bruder nur kurz zu und sein Griff um Leas Taille wurde fester.

Lukas' gerunzelte Stirn ließ nicht auf gute Stimmung schließen.

»Wir wollten gerade Waffeln kaufen. Mit Kirschen und Sahne«, verkündete Lea. Irgendetwas musste sie schließlich sagen.

»Oh ja, ich auch«, behauptete Lukas. »Das Abendessen ist wunderbar abwechslungsreich mit dem Weihnachtsmarkt in der Nähe. Ich bin nämlich kein großer Koch. Aber das weißt du ja, Lea.« Er stellte sich neben sie.

Jan ließ Leas Taille los. Schweigend standen sie zu dritt nebeneinander in der Schlange, die sich nur langsam vorwärtsbewegte.

Lea starrte auf das Schild mit der Preisliste an der Rückwand des Waffelstandes und versuchte, sich den Sturm ihrer Gefühle nicht anmerken zu lassen. Mit Lukas hatte sie heute wahrhaftig nicht gerechnet.

»Bald ist heilige Nacht«, intonierte der Chor. Wieder ging es einen Schritt vorwärts. Lea sah sich um. War denn heute niemand auf dem Weihnachtsmarkt, den sie kannte und begrüßen gehen konnte, um dieser Situation zu entfliehen, bis sie einen besseren Plan hatte? Doch. Da!

2

Er lehnte an einem der Stehtische, hatte einen Dreitagebart und wunderschöne dunkle Locken, die in ihr den Wunsch weckten, ihre Finger hindurchgleiten zu lassen. Und – er sah an seinem Gesprächspartner vorbei direkt in ihre Augen.

Es durchfuhr sie heiß und ihre Knie waren auf einmal ganz schwach. Das hier war genau ihr Typ. Sie lächelte ihn an und wandte sich dann doch der Theke zu, um einen weißen Glühwein zu bestellen.

»Weißer Glühwein? Schmeckt das denn?«, fragte eine Stimme hinter ihr.

Leas Herz begann, schneller zu schlagen. »Natürlich, sonst würde ich ihn nicht trinken«, sagte sie und drehte sich um.

Ja, er war es und aus der Nähe sah er fast noch besser aus. Sie schluckte.

»Dann muss ich das auch probieren. Ich kenn nur Roten. Ich bin übrigens Lukas«, sagte er.

»Lea«, antwortete sie.

»Fein, Lea, dann hoffe ich, dass du nicht gleich weitermusst, damit ich dir noch sagen kann, ob deine Empfehlung gut war.« Er zwinkerte ihr zu.

Lea lachte und nickte. Vanessa war sowieso zu beschäftigt, um sich mit ihr zu unterhalten.

»Ich habe etwas Zeit«, sagte sie.

»Wunderbar«, antwortete er und das fand Lea auch.

»Dein Bruder?« Ja, jetzt sah Lea es auch. Der falsche und der echte Lukas waren nicht einfach nur der gleiche Typ Mann, sie sahen sich tatsächlich ähnlich.

»Dann weißt du ja, wie ich ihn finden kann. Ich will meinen Ohrring nämlich echt zurück.« Lea stand auf.

Lukas erhob sich ebenfalls. »Da kann ich dir leider nicht helfen. Ich hatte bis eben keine Ahnung, dass er überhaupt zurück in Deutschland ist.«

»Aber du kennst doch sicher seine Freunde. Kannst du nicht bei denen nachfragen?«

»Hm.« Lukas wirkte etwas ratlos, doch schließlich zog er sein Handy aus der Hosentasche. »Okay, ich kann's mal versuchen.« Er tippte eine Nachricht ein, dann eine zweite.

»Hab ihm gesagt, er soll sich bei mir melden«, erklärte er. »Und in unserer Freundesgruppe habe ich nachgefragt, ob jemand weiß, wo er steckt. Mehr kann ich im Moment nicht tun.«

»Danke«, sagte Lea, »dann werd ich mich mal auf den Heimweg machen.«

»Hast du nichts vergessen?«, fragte Lukas und grinste.

Lea runzelte die Stirn. »Nein, ich glaub nicht.«

»Dann meinst du nicht, du solltest mir deine Nummer geben, damit ich dich anrufen kann, wenn Jan sich meldet?«

21

Heute waren es sieben verpasste Anrufe. Drei von Lukas, vier von Jan. Nun, Lea hatte sie nicht wirklich verpasst, sie hatte einfach mit keinem der beiden sprechen wollen. »Entscheide dich«, klangen Davids Worte von gestern immer noch in ihren Ohren. Und genau da lag das Problem.

Es war unterhaltsam und lustig, sich mit Jan zu treffen. Aber er war nicht unbedingt zuverlässig, wenn sie sich verabredeten, und er hatte ihr immer noch nicht erklärt, warum er sich ursprünglich als Lukas ausgegeben hatte.

Sein Bruder war verlässlicher und ernsthafter. Aber auch sehr bestimmend, und Lea fühlte sich oft eingeengt.

Und natürlich war die dicke Luft zwischen den beiden unerträglich.

Sie seufzte. Die Adventszeit hatte so schön angefangen, und sie war glücklich gewesen, nicht mehr allein zu sein. Nun aber konnte sie sich, wenn sie ehrlich war, das Weihnachtsfest weder mit Jan noch mit Lukas vorstellen. Sollte sie doch Vanessas Angebot annehmen und mit zu ihren Eltern fahren?

Ach, verflixt. Nicht einmal zum Weihnachtsmarkt konnte sie gehen, ohne Gefahr zu laufen, einem der beiden über den Weg zu laufen. Es sei denn …

Die Zeit bis zur Schließung des Weihnachtsmarkts verging wie im Flug. Lukas und Lea schlenderten die Gänge zwischen den Ständen entlang und aßen Backfisch im Brötchen. Lukas wusste so interessant zu erzählen, dass Lea förmlich an seinen schön geschwungenen Lippen hing. Als die Buden ihre Läden zuzogen, spazierten sie einfach weiter durch die Stadt, und ihre Hände fanden sich.

»Ich bin froh, dass wir uns kennengelernt haben.« Lukas blieb stehen und sah ihr tief in die Augen.

»Ich auch«, flüsterte Lea, dann senkten sich seine Lippen auf ihren Mund. Sein Kuss war vorsichtig und zärtlich und schmeckte nach mehr. Lea schlang ihre Arme um seinen Hals und erwiderte ihn.

»Wow!«, sagte Lukas, als sie sich voneinander lösten. »Ob ich jetzt so einfach nach Hause gehen und schlafen kann?«

»Wo wohnst du?«, fragte Lea.

»Gleich da drüben.« Er deutete auf ein Haus auf der anderen Straßenseite, dessen Fenster im dritten Stock hell erleuchtet waren. »Ich kann dich nur leider nicht reinbitten, weil meine Eltern gerade zu Besuch sind. Aber können wir uns morgen sehen? Um acht an unserem Glühweinstand?«

»Ja, warum nicht?«

»Warte«, sagte er, griff nach ihrem linken Ohrring und hakte ihn geschickt aus dem Ohrläppchen. »Den nehm ich als Pfand, damit du morgen auch wirklich kommst!«

9

Lea setzte sich aufrecht hin. »Du kennst den anderen Lukas ja doch!«, sagte sie vorwurfsvoll und deutete auf das Foto.

Lukas drehte sich um und starrte den Mann neben ihm auf dem Porträt an.

»Das ist dein Lukas?« Seine Stimme klang völlig verblüfft.

Lea nickte.

»Und du hast ihn gestern hier getroffen?«

Lea nickte wieder.

»Das wundert mich aber sehr. Eigentlich müsste er in den USA sein.«

Lukas fuhr sich mit der Hand durch seine Locken, was ihn verdammt attraktiv machte, fand Lea.

»Und er heißt auch nicht wirklich Lukas, wie du dir sicher denken kannst«, fuhr der echte Lukas fort. Dann schwieg er und schien nachzudenken.

Als er keine Anstalten machte weiterzusprechen, schlug Lea vor: »Vielleicht verrätst du mir, wer das ist und was er mit dir zu tun hat?«

Lukas zuckte zusammen. »Ähm, ja, entschuldige, ich bin …«

Mit hochgezogenen Augenbrauen sah Lea ihn auffordernd an.

Lukas machte eine Grimasse. »Darf ich vorstellen?«, sagte er und deutete auf das Foto. »Mein Bruder Jan.«

19

»Augenblick, ich muss kurz mit jemandem sprechen!«, stieß Lea hervor und lief dem Mann mit der Weihnachtsmannmütze nach. Es war nicht schwierig, ihn einzuholen.

»Hi, David!«

»Lea? Warst du nicht eben noch beim Waffelstand? Mit Jan oder Lukas oder so?«

»Mit Jan und Lukas«, gab Lea zu. »Ich war mit Jan verabredet und dann sind wir auf Lukas gestoßen.«

David verdrehte die Augen.

»Und jetzt muss ich mir schnell was ausdenken, warum ich nicht bleiben kann«, erklärte Lea.

»Solltest du dich deinem Schlamassel nicht besser stellen und dich einfach für einen der beiden entscheiden?«

»Muss ich wohl.«

»Und wer ist der Glückliche?«

»Ich weiß nicht.«

Wieder verdrehte David die Augen.

»Deswegen hatte ich mich ja heute mit Jan und morgen mit Lukas verabredet. Ich wollte beide besser kennenlernen, bevor ich mich entscheide. Aber jetzt giften sich Jan und Lukas an und das ist einfach schrecklich.«

David legte den Kopf schief. »Okay, dann erzähl ihnen, dass ich dir gesagt hab, deine Freundin sei krank und dass du dich um sie kümmern musst. Hilft das?«

5

Lukas war noch nicht da, als Lea den Treffpunkt erreichte. Also stellte sie sich zu zwei fröhlichen Mittfünfzigerinnen an einen Stehtisch und wartete. Es war nicht ganz so voll wie am Vorabend, da würden sie sich leicht finden.

Auf einmal rempelte sie ein Typ an, obwohl er wirklich genug Platz gehabt hätte, an ihr vorbeizugehen.

»Ey!«, rief Lea.

»Meine Tasche!«, quietschte die Frau neben ihr gleichzeitig und tatsächlich machte sich der Typ mit einer braunen Damenhandtasche davon.

Sofort setzte Lea ihm nach. »Haltet den Dieb!« Doch keiner schien sich für ihre Rufe zu interessieren.

Der Mann sah sich um. Er hatte einen deutlichen Vorsprung, aber plötzlich stieß er auf eine Gruppe Jugendlicher, die den Weg versperrte. Lea hatte ihn fast eingeholt, da ließ er seine Beute einfach fallen und drängelte sich zwischen den jungen Leuten hindurch.

Sie hob die Tasche auf und rang um Atem. Zumindest konnte sie die zurückbringen, auch wenn der Dieb entkommen war. Sie machte sich auf den Rückweg und sah dabei auf die Uhr. Ein Schreck durchfuhr sie. Zehn nach acht? Das konnte doch nicht sein! War sie so lange hinter dem Dieb hergerannt? Lukas. Hoffentlich hatte sie Lukas nicht verpasst!

15

Dieses Mal war Jan fast pünktlich. Zehn Minuten nach acht löste er sich aus dem Strom der Weihnachtsmarktbesucher und stand plötzlich vor Lea.

»Hi«, sagte er. »Ich bin so froh, dass wir uns wiedersehen.«

»Wenn du mir deinen richtigen Namen gesagt hättest, hätte ich dich vielleicht schneller gefunden.«

Jan stutzte. »Du hast nach mir gesucht?«

»Ich wollte meinen Ohrring zurück, schon vergessen?«, erklärte Lea.

»Oh nein.« Jan schlug sich mit der Hand auf die Stirn. »Ich wusste doch, dass ich etwas vergessen habe!«

»Nicht dein Ernst!«

Jan lachte. »Nein, nicht wirklich. Moment.« Er zog aus der Innentasche seiner Jacke ein Papiertaschentuch, in dem der Ohrring eingewickelt war.

»Danke«, sagte Lea lächelnd. Sie konnte ihm nicht länger böse sein.

»Und jetzt lade ich dich zum Glühwein ein. Als Entschuldigung und …« Er legte den Kopf schief. »Und überhaupt.«

Lea zögerte. Jan war ihr mehr als sympathisch, aber da war noch sein Bruder Lukas, der bei ihr am Vorabend heftiges Herzklopfen ausgelöst hatte. Nun, eine Einladung zum Glühwein war schließlich harmlos. Oder?

11

»Natürlich hab ich ihm meine Nummer gegeben«, erzählte Lea ihrer Freundin Vanessa am nächsten Abend am Stand. Sie versuchte, ihre Stimme zu dämpfen, damit David nicht allzu viel von ihrem Gespräch mitbekam. Vergeblich.

»Gibt's noch einen dritten Bruder?«, mischte er sich ein. »Nur, falls dieser echte Lukas dich auch versetzt.«

Lea drehte sich um und funkelte ihn aus zusammengekniffenen Augen an. »Sehr witzig«, sagte sie. »Erstens bin ich nicht wirklich mit Lukas verabredet und zweitens … zweitens … ach, musst du mich eigentlich immer ärgern?«

»Ich ärgere dich doch gar nicht.« David legte den Kopf schief »Ich kann nichts dafür, dass du einen so schlechten Männergeschmack hast.«

Lea atmete tief durch. »Du hast ja keine Ahnung!«

»Ach, hab ich nicht? Wie lange kennen wir uns?«

»Zu lange!«

Vanessas Stimme unterbrach sie. »Oh Leute, muss das sein? Das ist ein Schmuckstand und kein Theater.«

Lea löste ihren Blick von David. Tatsächlich wirkten die Kunden recht amüsiert. Sie zuckte mit den Achseln und deutete eine Verbeugung an. David tat es ihr nach und die Leute lachten. In diesem Moment fiel Leas Blick in der Menge auf einen Mann mit dunklen Locken. Jan.

»Ich muss los!«, stieß sie hervor.

6

Die Besitzerin der Tasche empfing sie strahlend. »Darf ich Sie einladen?«, fragte sie sofort, und ihre Freundin, die ihre Handtasche inzwischen fest umklammerte, nickte.

Lea schüttelte den Kopf und lächelte. »Nein danke, das ist sehr lieb, aber ich bin verabredet.«

Lukas war jedoch noch nicht aufgetaucht, als die beiden Frauen sich kurz darauf verabschiedeten. Zwanzig nach acht. Eine Viertelstunde konnte man sich schon mal verspäten, aber so langsam wurde es Zeit. War Lukas immer unpünktlich? Oder – war er am Ende so einer, der um Punkt acht hier gestanden hatte und fünf Minuten später wieder gegangen war, während sie noch dem Handtaschendieb nachgerannt war? Oder hatte er statt acht vielleicht achtzehn Uhr gesagt?

Lea ging auf und ab. Zwischen dem Stimmengewirr und dem schrillen Geträller des Kinderkarussells tönten die Kirchenglocken. Halb neun. Es sah tatsächlich so aus, als ob Lukas nicht mehr käme. Das war enttäuschend nach dem gestrigen Kribbeln, aber manche Männer waren so. Was Lea nun am meisten ärgerte, war der Verlust ihres Lieblingsohrrings, den der Typ als Pfand genommen hatte. Doch dagegen ließ sich etwas unternehmen. Immerhin wusste sie, wo er wohnte.

Das Licht im dritten Stock brannte, er war zu Hause.

»Idiot!«, schimpfte Lea und drückte auf den obersten Klingelknopf mit dem Namen L. Heumann.

»Ja bitte?«, tönte es kurz darauf aus der Sprechanlage.

23

Lea wandte sich schnell der Auslage zu, um die Ohrringe zu sortieren, damit David nicht sah, dass sie rot geworden war.

In diesem Moment kam zum Glück eine Kundin an den Stand und ließ sich von David beraten. Seine Stimme war dunkel und warm, und Lea erinnerte sich daran, wie aufgeregt sie gewesen war, als er bei einem Konzert ihres Schulchors direkt hinter ihr gestanden hatte.

»Ey, Vorsicht!«, rief David und Lea drehte sich abrupt um. Ein dicker Weihnachtsmann torkelte auf den Stand zu. Kaum berührte sein Bauch die Theke, kippte er zur Seite und riss beim Versuch, sich festzuhalten, einen guten Teil der Auslage herunter.

Fluchend eilte Lea hinaus, um nach dem Weihnachtsmann zu sehen und Vanessas Schmuck zu retten.

»Boah, hat der geladen!«, stellte ein Passant fest. Er versuchte, dem Gestürzten aufzuhelfen. Mehrere Leute blieben stehen und sahen zu, wie auch David ihm unter die Arme griff, während Lea den heruntergefallenen Schmuck aufsammelte.

»Lea? Was machst du denn hier?« Als sie aufsah, standen Jan und Lukas vor ihr.

»Oh, hallo«, sagte Lea und erhob sich. »Ich helfe meiner Freundin hier beim Schmuckverkauf.«

»Deiner Freundin?« Lukas runzelte die Stirn und sah David an, der den schwankenden Weihnachtsmann gerade an zwei Polizisten übergab. Jan grinste nur.

16

»Schön, dass du jeden Abend bei mir vorbeischaust«, sagte Vanessa zu Lea, als diese an den Stand trat. »Mit wem triffst du dich heute?«

»Ich bin nicht verabredet.«

»Oh, welch ein Wunder!«, warf David ein.

»Ich dachte, dass ich dir ein bisschen helfen könnte.«

Vanessa musterte ihre Freundin. »Einsam?«, fragte sie leise.

Lea hob die Schultern. »Ein bisschen. Wenn ich an Weihnachten denke ...« Sie schluckte.

»Ach, komm her«, sagte Vanessa und öffnete die Seitentür der Holzhütte, um Lea hinter die Verkaufstheke zu lassen.

Lea trat ein und Vanessa umarmte sie.

»Ist es mit beiden Typen schon wieder aus?«, fragte David.

»Sei nicht so sarkastisch«, wies ihn Vanessa zurecht. »Das ist das erste Weihnachtsfest für Lea nach dem tödlichen Unfall ihrer Eltern.«

»Oh, das wusste ich nicht. Sorry.« Er schien echt betroffen und legte kurz seine Hand auf Leas Schulter.

»Willst du mit zu meinen Eltern fahren?«, bot Vanessa an.

Lea schüttelte den Kopf. »Schon okay.«

»Notfalls komm einfach zu mir«, sagte David. »Meine Eltern sind in Florida und ich bin Weihnachten auch allein.«

»Na ja, notfalls«, sagte Lea und dann lachten sie alle.

4

»Klingt ja total romantisch.« Vanessa seufzte. »Dann triffst du ihn jetzt gleich?«

»Wen? Wen trifft Lea gleich?«, mischte sich David ein.

Schade, seine Kundin hatte bezahlt und Lea konnte nun nicht mehr ungestört mit ihrer Freundin weiterreden.

»Ihren neuen Verehrer«, erklärte Vanessa.

David runzelte die Stirn. »Hoffentlich ist das nicht wieder so ein Timo-Typ.«

»Hör mal«, empörte sich Lea. »Da waren wir fünfzehn!«

»Dann hast du ja hoffentlich dazugelernt. Hat jemand Lust auf gebrannte Mandeln?«

»Ja, ich!« Vanessa strahlte, als David zum Stand nebenan marschierte.

»Wie hältst du das mit dem nur aus?«, fragte Lea.

»Och, ganz leicht. Und er hat das Zimmer bei mir ja nur jetzt im Dezember zur Zwischenmiete. Ist doch gut, wenn man bei der Rückkehr in die Heimatstadt noch alte Klassenkameradinnen hat, bei denen man Unterschlupf findet.«

»Und auf dem Markt hilft er dir auch.«

»Eben.«

»Sonst ist nichts zwischen euch?«

Vanessa räusperte sich und verdrehte die Augen. Ah, David war zurück.

»Ich geh dann mal«, sagte Lea und wandte sich in Richtung des Glühweinstands.

12

Es war nicht einfach, in diesem Gedränge jemanden zu verfolgen. Zweimal hatte Lea Jan schon aus den Augen verloren, ehe er sich an einem Wurststand in die Schlange stellte.

»Hey!« Sie schlug ihm mit der Hand auf die Schulter. »Du hast wohl … oh, Lukas?«

»Einmal Currywurst«, bestellte Lukas schnell und wandte sich an Lea. »Lea. Ich wollte dich nachher anrufen.«

Er sah ihr in die Augen und sein Lächeln ging ihr durch und durch. In ihrem Magen begann es zu kribbeln. Sie räusperte sich.

»Hast du was von deinem Bruder gehört?«, fragte sie.

»Bisher nicht.«

»Schade.«

»Ach, ich weiß nicht. Dann würdest du jetzt vielleicht ihn treffen und nicht mich.« Er legte den Kopf schief.

»Das eine muss ja das andere nicht ausschließen. Meinen Ohrring möchte ich schon gerne zurückhaben, aber sonst …«

War das zu direkt? Nein, Lukas legte den Arm um sie.

»Nehmen Sie Ihre Currywurst«, mischte sich die Frau in der Bude ein, »und flirten Sie woanders weiter, damit meine Kunden durchkommen!«

Lachend stellten sie sich seitlich an einen Tisch. In diesem Moment klingelte Lukas' Handy. Er meldete sich mit einem kurzen »Ja«. Dann reichte er das Handy an Lea weiter: »Für dich!«

20

Lea nickte. »Danke, David«, sagte sie leise.

»Immer wieder gerne.« Er grinste, zog seine Weihnachtsmannmütze tiefer in die Stirn und schlenderte weiter, während Lea langsam zum Waffelstand zurückging.

»Welche Waffel willst du?«, fragte Jan.

»Wer war das?«, fragte Lukas.

»Ähm, also ich muss gleich weg. David hat mir erzählt, dass meine Freundin krank ist. Ich muss mich um sie kümmern.«

»Grippe?«, fragte Lukas.

»Liebeskummer?«, fragte Jan.

Lea schüttelte den Kopf. »Tut mir leid!«

»Iss doch erst noch deine Waffel. Kannst ihr ja dann auch eine mitnehmen«, schlug Jan vor.

»Soll ich dich hinbringen?«, fragte Lukas.

»Nein, nein, alles okay«, behauptete Lea. »Ich melde mich wieder.«

Sie drehte sich um und tauchte in der Menge unter. An Vanessas Stand blieb sie kurz stehen.

»Hat's geklappt?«, fragte David.

»Ja, danke! Ich verschwinde jetzt besser schnell vom Weihnachtsmarkt.«

David grinste. »Aber vergiss nicht«, sagte er, »aufgeschoben ist nicht aufgehoben. Entscheide dich.«

22

»Find ich total nett von dir, dass du mich hier ablöst, Lea.« Vanessa zog ihre Handschuhe an. »Ich habe tatsächlich bisher nicht wirklich was vom Weihnachtsmarkt gesehen.«

»Na, dann wird's Zeit, hopp, hopp!« Lea versuchte, ihre Freundin aus der Bude zu scheuchen.

»Versteckst du dich vor deinen Verehrern?«, fragte David und grinste, als er ihr die Weihnachtsmannmütze reichte.

Lea zuckte zusammen. »Das habe ich nicht nötig.«

»Hm, ich dachte. Bei deinem Männergeschmack …«

»Was hast du gegen meinen Männergeschmack?«

»Na, du hast dich immer schon in die Falschen verliebt.«

Vanessa, die inzwischen ihre Tasche unter der Verkaufstheke hervorgekramt hatte, lachte laut.

David sah sie irritiert an.

»Och, gegen ihre allererste Wahl kannst du nichts sagen!« Vanessa öffnete die Tür.

»Hey, Nessa, was heißt das?«, rief David ihr nach.

»Dass sie in dich verliebt war. Allerdings ist das 'n Weile her«, sagte Vanessa, trat hinaus und schloss die Tür.

»Du warst mal in mich verliebt?«, fragte David fassungslos.

Lea zuckte mit den Achseln. »Ewig her«, gab sie zu. »Damals waren wir elf.« Doch ihr Herz klopfte deutlich schneller als vorher.

17

Jan begrüßte sie mit einem zärtlichen Kuss.

»Was hältst du von einer Waffel mit Kirschen und Sahne und anschließend könnten wir noch woanders hingehen?«, fragte er.

»Klingt gut.« Lea lächelte. »Denkst du an einen bestimmten Ort?«

»An einen, an dem es nicht so voll ist …« Er schien sie mit seinem Blick zu streicheln und Leas Magen begann zu kribbeln.

Sie hatten sich wieder am Glühweinstand getroffen, und es war irgendwie romantisch, sich an ihre erste Begegnung hier zu erinnern. Dieses Mal hatte sich Jan schon nach zwei Tagen wieder gemeldet.

»Aber zuerst kriegst du eine Extraportion Energie!« Jan zwinkerte und Lea lachte.

Auf der kleinen Bühne, an der sie vorbeikamen, sang ein Chor mehrstimmig Weihnachtslieder und kämpfte mit Stille Nacht gegen das Jingle-Bells-Gedudel des Kinderkarussells an. Jan zog Lea an sich, um sich gemeinsam mit ihr durch die Zuhörermenge zu schieben.

Am Waffelstand erwartete sie eine lange Schlange.

»Gut, dass wir den ganzen Abend Zeit haben.« Jan legte seinen Arm enger um ihre Taille.

»Hallo, Lea«, sagte plötzlich eine Stimme hinter ihr.

13

»Du bist bei meinem Bruder?«, fragte eine Männerstimme.

»Jan?« Lea hielt sich das linke Ohr zu, um das Vom-Himmel-hoch des Posaunenchors auszublenden.

»Ähm, ja. Ich wusste nicht, dass du Lukas kennst.«

Einen Moment lang war Lea versucht, ihm zu erklären, wie sie den echten Lukas kennengelernt hatte, dann aber sagte sie nur: »Ich hätte gerne meinen Ohrring wieder.«

»Deshalb ruf ich ihn an. Ich wollte deine Nummer, um mich bei dir zu entschuldigen, dass ich nicht zum Glühweinstand gekommen bin. Ich hab im Stau gesteckt und hatte ja keine Nummer von dir. Was für ein Zufall, dass du jetzt gerade bei Lukas bist.«

»Wir sind auf dem Weihnachtsmarkt. Du kannst also ganz einfach kommen und mir den Ohrring wiedergeben.«

Jan räusperte sich. »Heute bin ich nicht in der Nähe. Ich könnte erst morgen. Passt dir acht Uhr am Glühweinstand?«

Lea warf einen Seitenblick zu Lukas, der gerade von seiner Currywurst abbiss.

»Ja, okay«, sagte sie.

»Ich freu mich drauf.« Jans Stimme klang wirklich erfreut. »Bis morgen, Lea.«

Bevor Lea darauf antworten konnte, hatte er aufgelegt. Sie reichte Lukas das Handy.

»Und, welche Ausrede hatte er parat?«, fragte er.

8

»Eigentlich muss ich diesem Scherzkeks dankbar sein«, sagte Lukas und schenkte Lea Rotwein nach. »Sonst hätte ich dich nie kennengelernt.«

Lea nickte. »Ich wäre sicher nicht einfach so auf die Idee gekommen, hier zu klingeln.«

»Dann – auf den Pseudo-Lukas!« Sie stießen an und tranken einen Schluck, dann fragte Lukas: »Hast du schon gegessen? Ich hätte noch eine grandiose Fertigpizza.« Er machte dabei ein so verschmitztes Gesicht, dass Lea nicht anders konnte, als zuzustimmen.

Bis sie schließlich die Salami Pizza gegessen hatten, wussten sie bereits eine ganze Menge übereinander. Sie hatten den gleichen Musikgeschmack und Lukas hatte ebenso wie Lea als Kind Klavier gespielt. Ja, tatsächlich hatten sie eine Zeit lang sogar dieselbe Klavierlehrerin an der Musikschule gehabt.

»Das alles hier ist Schicksal«, sagte Lukas und griff nach Leas Hand. Sein Daumen strich über ihren Handrücken. »Wir mussten uns einfach kennenlernen!«

Lea nickte und sah sich lächelnd um. An einer der Wände hingen mehrere gerahmte Schwarz-Weiß-Fotografien. Auf einem der Fotos lachten Lukas und …

Lea versteifte sich.

»Was ist?«, fragte Lukas und ließ ihre Hand los.

24

»Ähm, ja …«, setzte Lea an, dann schüttelte sie den Kopf. Sie brauchte sich doch nicht zu rechtfertigen! »Schön, euch zu sehen. Dann spar ich mir die Anrufe«, fuhr sie fort. »Ich habe nämlich kein Interesse, mich noch einmal mit einem von euch zu treffen.«

»Ah.« Lukas runzelte die Stirn, drehte sich um und marschierte davon. Jan folgte ihm grinsend.

»Sauber abserviert!«, kommentierte David.

Lea seufzte und hob die letzten Armreifen auf.

»Hast du Weihnachten jetzt nichts mehr vor?«, fragte David leise, als sie die Schmuckstücke neu auslegten.

»Ich feiere einfach allein«, antwortete Lea.

»Kannst gern bei mir vorbeikommen, und ich erzähle dir mal von dem Mädchen, in das ich mich mit fünfzehn verliebt habe.«

Lea sah ihn an. Er lächelte und ihr wurde plötzlich heiß.

»Allerdings war ich damals schüchtern und sie hatte diesen schrecklichen Freund namens Timo.« David zwinkerte ihr zu.

»Ewig her«, sagte Lea, ohne ihren Blick von seinem zu lösen.

Er trat einen Schritt auf sie zu. »Meinst du, ich kann sie mal fragen, ob sie sich mit mir treffen will? Um über alte Zeiten zu reden oder so?«

»Auf jeden Fall«, hauchte Lea. Ihr Herz pochte, und sie konnte die Wärme, die von seinem Körper ausging, spüren. Ihr Atem wurde schneller.

»Lea …«, flüsterte David. Seine Augen schienen zu strahlen, als er sich zu ihr beugte. Und ihre Lippen fanden sich.